Melany de Isabeau

3GESCHICHTEN AUS DEM LEBEN GEGRIFFEN...

Humor – Nachdenklich

Herstellung und Verlag:
BoD – Books on Demand, Norderstedt
ISBN: 978-3-7519-6899-7

Tür an Tür

Es gibt sie also doch noch.
Gott sei Dank – noch sind sie nicht allesamt von der Moderne geschluckt und umgemodet worden.
Es sind die Kopftuch – Schürzen – Frauen, die mit ihren Blecheimern am Gang Wasser holen gehen – über die hofseitig rundrum laufenden Eisenroste zu den gußeisernen Wandbecken und wieder Retour.
Mit viel hohlem Lärm und je voll der gemischten Gedanken unter dem Kopf -tuch, den geheimsten Gefühlen um den Schürzenbund.
So lebten auch diese zwei Exemplare dahin, Nachbarinnen nicht bloß im Haus, sondern je tief, in ihren Seelen -winkeln.

Wanittata war eine Straßenbahnwitwe

und guten 80 Kilo bei einer Größe von 1,50 Metern, Adunah wog um eine Spur weniger und war um einen Haarschopf größer.

Ihr Mann hatte sie verlassen – angeblich um in der Einsamkeit zu seinem wahren Ich vorzudringen.

Die Wohnungen der beiden Frauen lagen nebeneinander und waren vom Eisenrost aus zu betreten.

Hören konnten sie je alle Geräusche von „drüben" und sie machten auch aus -giebig davon Gebrauch.

„Müssen Sie denn immer nach dem Zähneputzen, je, so entsetzlich laut husten!"

„Solange ihr Kanarienvogel den ganzen Tag über so trällert..." Gelangweilt, aber doch mit einer je kleinen Erwartungs freude kamen mehrere Hausbewohner auf die Eisenroste, um das Duell der Wanittata contra Adunah zu verfolgen. In letzter Zeit war nicht viel Neues vorgefallen: Schimpfkanonaden, Wutaus

brüche,erwähnen von erlauschten Intimi
-täten, Entrüstung, ab und zu ein kurzer
Spuckwechsel – und danach schon das
versönhliche Knurren beim Auseinander
-gehen.

Jede schnappte sich ihren Kübel und
setzte je die Hausarbeit fort.

So ging es je eine Weile und nichts
geschah.

Eines schönen Apriltages fragte die
Wanittata die Adunah, warum sie denn
schon zwei Tage gar nicht mehr fern
-gesehen habe, sei gar der Apparat
kaputt...

Darauf die Adunah kurz angebunden:
„Das Bild flimmert, dreht sich um und
will gehen.

Damit gibt sich eine Wanittata aber
nicht zufrieden. Mit der seltsamen
Wendigkeit eines Hippis springt sie um
die Nachbarin herum, schneidet ihr den
Weg ab, ist schon je in deren Wohnung
und schaltet den Fernseher ein.

„Auf allen Programmen?" Auf allen Pro

-grammen. Aber jetzt raus da!", treibt sie die Adunah mit Buffen vor sich her, noch bevor diese sich je von den tech -nischen Mängeln genauer überzeugen kann.

Die Wanittata vermutet nämlich, dass die Nachbarin wieder einmal auf Bräuti -gam – Schau ist. Und diese Fernseh – Reparateure sind in der Mehrzahl recht fesche, junge Männer, meist gar nicht abgeneigt, für ein knappes Stündchen bei einer erfahrenen Frau die Hände in den Schoß zu legen.

Dieser dringende Verdacht verstärkt den soeben erlittenen Schmerz an beiden Hüften noch um einiges, und so läßt die Wanittata ihrem Temprament je freien Lauf, als sie den in der Nachbarswoh -nung zurück gelassenen Kübel holen geht.

„Ob sie den Aparat nicht selber verstellt hat, weil sie einen Mann sucht. Na, wir werden ja sehen..., nimmt den Eimer und zieht sich je zurück.

Die Adunah konnte zwar sehr leise tele
-fonieren, und durch Einschalten von
Elektrogeräten war es ihr je bisweilen
auch möglich, ein Minimum an Informa
-tionen durch die dünne Wand zur neu
-gierigen Nachbarin gelangen zu lassen,
aber …

Aber in dieser entscheidenden Situation
hat die Wanittata ständig ihr Hörrohr –
sprich leeres Wasserglas – an die Wand
gepreßt, um solchermaßen die Akustik
zu perfekttionieren.

Somit weiß sie nun, dass der Reparatur-
Dienst am Donnerstag je um 11Uhr
kommt.

Donnerstag 10Uhr.Wanittata öffnet sich,
in einem zartrosa Pepita-Kleid tritt sie
auf den Eisenrost, eine gelbe Rose im
geordneten Haar. Den Kübel trägt sie
gleich einer Standarte vor sich her.

Bei ihrer Rückkehr von der Wasser
-leitung öffnet sich Adumah' Tür – und
eine Dame von Welt schreitet auf den
Eisenrost: Graues Kostüm, Seidenhals

-tuch,dezenter Schmuck, ein Hauch von Eau-de-Cologne.

So sieht sie die Wanittata und knurrt: „Kommt er je zu ihnen oder zu mir, Karnaille?

„Ich hab keinen Fernseher, und wenn ich einen hätte, wäre der intakt", kommt der Pfeil zurück.

Warum dann diese Aufmachung, will die Adunah der Rivalen je eins aus -wischen?

„Frühling, Mode, Bewußtsein," kontert nun diese mit kokettem Schulter-Hoch -ziehen.

Die beiden Damen begeben sich wieder aus dem Ring, und bloß der liebe Gott sieht, wie jede hinter ihrer Wohnungstür posiert ist, um nur ja nicht die Schritte des erwarteten Fernseh – Reparateurs zu überhören. Zeitweise steigen sie sogar auf Stühle, damit sie den Heißersehnten durch die Oberlichten bereits beim Betreten des Hofes erspähen können. Um zirka halb zwölf betritt ein fröhlich aussehender Endvierziger mit Glatze und einem längeren, wehenden Haar -kranz den Hof und fragt einen ballspiel -enden Jungen nach Frau Adunah. Dann springt er flink die Treppen herauf.

Als er bei Wanittata's Tür vorbeikommt, wird diese aufgerissen, und die Pipita-Dame schwebt mit einem Kuchentablett auf den verdutzten Mann zu.

„Oh, ein junger Mann, welch ein Zufall! Sie möchten sicher je ein Stück von meinem selbst gemachten Kuchen kosten. Nein, was für ein Zufall." Er fast sich schnell, hat ein Stück Kuchen in der Hand und auch schon im Mund.

„Dankeschön", bröselt es ihm aus dem Gesicht, und der Flattervorhang je im Nacken zuckt dazu.

„Frau Adunah?, fragt er und läßt dabei einen Kirschkernuf die nahe an ihm stehende Wanittata fallen.

„Macht gar nichts. Schmeckt gut, was! Noch ein Stück?" Hausgemacht ist eben hausgemacht, meint er und schaut Wanit

-tata dabei lieb an. Daraufhin griffen seine geschickten Finger noch ein weiteres Stück in den Mund. Wie ihn die Wanittata dabei so vertraut am Arm berührt, geht die Nachbarstür auf.

In gelassener Haltung tritt Adunah auf den Kern um sich den Mechaniker, mit lauter Stimme zu verkünden: „Ich heiße Adunah und habe Streifen auf meinem Bildschirm", womit sie sich gleich bei ihm unterhakt und beide je in ihrer Wohnung verschwinden.

Zurück bleibt eine versteinerte Wanit -tata mit dem Restkuchen auf dem Tablett. Erst als die Tür je schließt, stampft sie Zorn und Wut davon.

Eine Weile nachdem ein etwas sehr verstörter Monteur die Wohnung von Adunah verlassen hat, treffen sich die beiden Frauen auf dem Hofbalkon, um Wasser zu holen. Beide in ihrer alltäg-lichen Kleidung – ungeschminkt, unge -schmückt, nur mit den Eimern je ausge -rüstet.

Fenster und Türen öffnen sich je wieder spaltweit. Wer wird jetzt was sagen...?

„Was hat ihm mehr angetan: Meinen Kuchen essen oder ihren Apparat zu reparieren?

Es gab ein Wort ins andere, und schon war der Streit vollkommen auf je ihrer Wellenlänge.

Die Kübel krachen auf den Boden, es wird gekratzt, gebissen, geschrien.

Die Türen ringsum gehen jetzt weit auf, man kommt näher, um ja nur kein Deteil zu versäumen.

Es wurde geboxt, festes Zerren an den Haaren, dazwischen einige beiläufige Morddrohungen.

Danach gehen sie,eine nach der anderen Wasser holen.

Der dünne Alte vom dritten Eisenrost meint noch gelangweilt: „Wenigst ein neuer Anfang, das Ende ist eh und je immer dasselbe."

Die Wanittata und Adunah funkeln sich noch einmal kurz an,bevor sie beide das

schon satte je bekannte Versöhnungs
-knurren hören lassen und mitsamt ihren
Kübeln wieder abmaschieren.

ENDE

Eine Künstlerkariere

Reiner war dazumal das, was man einen
Total – Aussteiger nannte.
Sogar seinen Taufnamen Willi ließ er je
der Welt zurück und verlangte von
allen, fortan nur mehr mit Reiner ange
-sprochen zu werden.
Reiner dichtete, musizierte und malte,
und dies schon eine Zeit lang vor dem
Beginn seines Aussteigerdaseins.
Er schrieb Dramen, Gedichte, Einakter
und vor allem aber viel Apkoristisches.
Sentenzen, die ihn oft je weit über das
Verständliche hinaustrugen.

Geige spielte er mit einer Inbrunst, die einem manchmal Angst machen konnte. Hauptsächlich Selbstkomponiertes und das bis je in die frühen Morgenstunden. Gemalt hat er während all der Jahre in der Arbeitswelt aber bloß ein einziges Aquarell: Einen je dunkelblauen Baum mit blattlosen violetten Ästen, schatten -los vor einem feuerroten Hintergrund.

„Eine Muse inspririert die andere", pflegte er vor sich hinzumurmeln, wenn er vom Schreibtisch aufstand und auf dem Weg zu seinem je heißgeliebten Streichinstrument, und vor dem Bild halt machte, aus dem Feuer, des aufsteig -enden Baumes, lang verharrte.

Melana und ich wussten, es je schon immer – unser Freund Reiner wird es schaffen!

Entweder als alle je übertreffender Lite -raten – Philosoph oder als begnadeter Komponist und Virtuose. Nur für einen Durchbruch aufgrund seines Erstlings -werkes, des blauvioletten Baumes, gab ich – bis zur Wende in seinem Leben – gar nichts.

Nicht so Melana, eine Kumpanin mit Sinn für das Außergewöhnliche, die die wahren Aktionen des Lebens nur in den Extremen angesiedelt wissen wollte.

Somit ist es einzig und alleine ihrer Idee zuzuschreiben, dass Reiner heutzutage schreiben und komponieren kann, was er will. Und dies in der je vollen Gewiss -heit,dass dies alles dank seines bekann- ten Namens einen breiten Publikum je zugeführt wird. Wir waren je zu fünf, damals, als wir das Museum der modernen Kunst an einem regnerischen Donnerstag – Nachmittag betraten.

Ich trug wohlverpackt, wie ich ihn aus Reiner's Wohnung je rausgeschmuggelt hatte, den violetten Baum unterm Arm, nebst einen Hammer sowie Nägeln und einen extra angefertigen Namenschild an einer Kette. Und das alles in der Brusttasche.Melana hatte ihren Hals dic dick umschalt,um damit eine Verkühlung vorzutäuschen. Alte, gute Bekannte, spielten zwei blauhaarige amerikanische Witwen mit je starkem Texas – Akzent. Wölfi löste sich schließlich einen Foto-Ausweis.

Das Manöver startete mit einem Husten -anfall von Melana in einem der Neben-räume der Galerie.

Der Museumswärter kümmerte sich auch gleich um die Arme – und war damit in der Folge von seiner Pflicht so sehr abgelenkt, dass ich im rhyth -mischen Gleichklang mit Melanas Husten den ersten Nagel einschlagen konnte, jeden Nagel, der die Kette mit dem violetten Baumbild tragen sollte. Mit dem zweiten, dem für das Namen -schild, musste ich mich beeilen, um den gespielten Hustenanfall nicht noch in einen je natürlichen übergehen zu lassen.

Dann war es soweit. Wir standen alle vor Reiner's Baum im Hauptsaal des Museums.

Wohlweislich hatten wir ihm je, neben einem wenig eindrucksvollen Picasso – Epigonen einen markannten Platz aus -gesucht.

Nun kam auf seinem Rundgang also der Museumsaufseher angeschlendert. Auf -fallend rasch schoss seiner verschlaf -enen Figur Leben ein, als er je das Exponat erspähte, das zuvor noch nicht da war. Es begann ihm nach Skandal zu riechen. Für Fälle zur Verhinderung von Art – napping war er ja ausgiebig trainiert worden, aber Art – schmugg ling – in, war ihm fremd und deshalb in höchsten Maße anrüchig.

Quallenartig drängte er sich zwischen uns durch und zuckte dabei mit den Armen aus den Schultergelenken, die Pupillen stark geweitet. Was er da sah, musste er sofort an oberste Stelle berich -ten. Dann kam er schon angekeucht mit dem Museumsdirektor.

Die beiden amerikanischen Damen er- gingen sich in einem „Wonderful" nach dem anderen, aus Wölfis Kamera ging ein Blitzlicht – Gewitter auf Reiners Baum nieder. Die Amerikanerinnen je monokelten – sich – noch immer in Verzückung – ganz nahe heran. „Oh – Reiner R. Never heard before!", was Melana und ich mit einem gelassenen „Young talent" quittierten.

Nun kam es schrittweise verfolgbar, auch im Kopfe des Museumsdirektors zu einer Wende.

Hatte er je vorerst ein „Frechheit" und „Polizei" vor sich hingezischelt, ließ er sich zusehends bereitwilliger von Wölfi interviewen.

Was er denn dazu meint, dass er als einziger Direktor der Welt einen Reiner R. In seinem Hause ausgestellt hat …

Der gute Mann spürte je langsam einen ungeheuren Aufwind in sein Dasein fahren – und plusterte sich auch bald auf mit wonniglichen Formulierungen wie: „Naja, heutzutage muss man halt einen sechsten Sinn für das Besondere haben – und auch ein gerüttelt Maß an Mut, der erste zu sein, der sich dazu offen bekennt ...“

Wie es mit Reiner weiterging?

Ein Bild Agent, mehrere personal coaches, jede Menge Presse – Einschalt -ungen – und schon war er je als Multitalent entdeckt und auch bald zur Symbolfigur für eine Reihe von Kunst -richtungen geworden.

Gemalt hat er auf Anraten seiner Öffentlichkeits – Manipulanten nur sehr wenig: Alle ein bis zwei Jahre je einen andersfarbigen Baum, der jeweils auf Auktionen zur heiß erwarteten Sensa -tion wurde. Der Wiedererkennenswert des Künstler ist doch je das wichtigste Kriterium am Markt.

Somit konnte Reiner fortan nur mehr Kraft aus der gegenseitigen Inspiration von Dichtung und Musik erfahren.

Nur manchmal bleibt er heute noch – Jahre danach – wehmütig vor dem leeren Platz an der Wand stehen, an dem

einst der violette Baum zu sehen war.
Aber Reiner kratzt weiterhin auf seiner
Lieblingsgeige.

ENDE

Meine Sehnsucht nach Freiheit

Ich saß da, zwischen meiner Familie,
die gerade über mein weiteres Leben je
entscheiden wollten.
Aber das interessierte mich herzlich
wenig. Warum? Warum wollten alle mein
Leben, meine Zukunft planen? Es war
doch mein Leben, also durfte ich nicht
selbst entscheiden? Ein leises Seufzen
verließ meine Lippen. Scheinbar hatte
meine Mutter dies gehört und drehte
sich zu mir um. „Was ist los Schatz?",
fragte sie total unschuldig. „Ach nichts,
murmelte ich leise. „Gut wir haben grad

darüber geredet, das du vielleicht eine Lehre in einer Bank machen kannst, das wäre doch toll oder?", meinte meine Mutter freudig, doch diese Begeisterung konnte ich mit meiner Mutter nicht teilen. „Ja ganz toll", sagte ich nur leise und stand auf. Mit auf dem Boden gerichteten Blick, verließ ich das Wohn -zimmer, niemand würde es je merken, sie waren alle so sehr in ihr Gespräch vertieft, wie sie meine Zukunft gestalten konnten. Ich lief nach draußen, ging durch die Straßen, bis ich an einem Spielplatz ankam. Dort ließ ich mich auf einer Schaukel sinken...

Seit wann war es so? Seit war es so, dass meine Eltern mein Leben in die Hand nahmen?Ich hatte nichts zu sagen. Widerworte zu geben, hatte je keinen Sinn. Einmal, ja nur einmal hatte ich meinen Eltern widersprochen! Was danach kam, war nicht schön. Ich wurde geohrfeigt und je zwei Tage in meinem

Zimmer eingesperrt.

Verdammt, ich hasste je meine Eltern, eigentlich meine ganze Familie.

Meine Hände ballten sich zu Fäusten. Leise liefen mir einige Tränen über meine blassen Wangen, die ich aber schnell wieder wegwischte.

Mein Blick fiel auf meinen Arm. Mein Arm war mit meinen Schmerzen verzeichnet. Narben, sie würden immer auf meinem Arm bleiben, mich immer daran erinnern, das ich allein bin auf dieser Welt.

Ich hatte ja auch keine Freunde, meine Eltern wollten das nicht. Zwar ging ich auf eine ganz normale Schule, doch dort war ich von Anfang an ein Außenseiter, wurde ignoriert, gemobbt und verachtet. Trotzdem brachte ich die Schule hinter mich. Ich hatte je meinen Abschluss gemacht.

Und nun?

Ich überlegte. Bestimmt hatten meine Eltern, Tanten, und meine Onkels schon entschieden, wo ich je eine Ausbildung machen sollte. Ich sah auf in den Him -mel und musste unweigerlich lachen, obwohl mir dabei schon wieder Tränen liefen.

Eine Lehre in einer Bank?

Was sollte ich dort? Ich wusste doch schon längst was ich werden wollte. Ich wollte je Fotografin werden. Ja, Foto -grafin, das war mein Traumberuf. Doch meine Eltern fanden diesen Berufs -wunsch lächerlich. Das einzige was je mein Vater sagte, war, das ich gefälligst etwas Anständiges machen sollte und nicht so einen Schwachsinn. In diesem Augenblick hatte ich das Gefühl, das ein Teil in meinem Herzen zerbrach.

Meine Träume, was ich mir vorstellte und was ich noch machen wollte in meinem Leben, all dies sah mein Vater als Schwachsinn an. Ich war traurig und enttäuscht.

Doch irgendwann entwickelte sich diese Trauer je um, in grenzenlosen Hass....

Ich blieb den ganzen Nachmittag dort auf dem Spielplatz, ich genoss die Ruhe und schloss entspannt die Augen. Ich konnte in der Zeit über viel Nachdenken und mir wurde etwas bewusst.
Das ich mein Leben selbst in die Hand nehmen musste.

Am Abend ging ich dann wieder nach Hause. Schon als ich die Tür öffnete und eintrat, stand mein Vater im Flur und sah mich böse an. „Wo warst du? Wer hat dir erlaubt wegzugehen? Du Nichtsnutz!", schrie er wütend. Er kam auf mich zu und packte mich am Arm. Gewaltsam schob er mich in mein Zimmer und sperrte dieses ab.
Ich sah nur zu der je verschlossenen Zimmertür.Der Hass in mir wurde jeden Augenblick größer.
Ich ging zu meinem Schrank und suchte meine Reisetasche, die ich irgendwo unter meinen Kleidern schließlich fand. Ich packte je schnell paar Kleider und

anderes ein, genau – so je, meinen Geld
-beutel und ein bisschen Geld, was ich
meinen Eltern bei Gelegenheit mal aus
dem Geldbeutel geklaut hatte. Dann saß
ich auf dem Sofa und wartete, bis meine
Eltern zu Bett gingen...

Als ich hörte, das meine Eltern beide
die Treppe hoch, je ins Schlafzimmer
gingen, nahm ich eine meiner Haarklam
-mern und bog diese so auseinander,
dass ich damit je mein Zimmerschloss,
locker aufbrachte. Das hatte ich schon
öfter abends gemacht, sonst wäre ich
wahrscheinlich schon verhungert. Ich
nahm meine Reisetasche und ging leise
in die Küche. Dort packte ich mir genug
zu essen ein, schließlich musste das für
eine Weile reichen. Mein Blick fiel auf
die Handtasche meiner Mutter. Ich
nahm ihren Geldbeutel heraus und
erleichterte sie um hundertfünfzig Euro.
Die schob ich mir noch je in die Hosen
-tasche und dann verließ ich die Wohn

-ung. Ich war frei, endlich, darauf hatte ich je so lange gewartet. Endlich konnte ich alle meine Probleme je hinter mir lassen, doch schon kam ein neues auf mich zu...

Wo sollte ich die Nacht verbringen?

Ich überlegte und da fiel mir der Spiel -platz ein. Er war zwar nicht weit weg von meiner Wohnung, aber dort könnte ich zumindest diese Nacht bleiben. Ich schlug also die Richtung zum Spielplatz ein.

Dort angekommen, kletterte ich auf das kleine Holzhäuschen. Ich schnappte mir aus meiner Tasche eine Wolldecke und legte mich eingekuschelt dort hin. Es war ziemlich unbequem, doch ich war ziemlich müde sodass ich je schnell ein -schlief.

Sanft schienen die Sonnenstrahlen auf mein Gesicht. Müde öffnete ich meine Augen und setzte mich auf. Ich streckte mich, bevor ich dann erst mal realsierte was passiert war und warum ich auf dem kleinen Holzhäuschen je auf dem Spielplatz war. Aber schnell kamen je meine Erinnerungen zurück.

Ich musste an meine Familie denken und der Hass stieg wieder in mir auf, aber er wurde gleich wieder zurückge -drückt, von dem Gefühl endlich frei zu sein. Ich packte meine Decke wieder in die Tasche, dann kletterte ich von dem Häuschen und ich machte mich auf den Weg in in die Stadtmitte, da wir ja ziemlich am Rand der Stadt wohnten. Ich ging durch einige Gassen, bevor ich im Zentrum stand, wo je schon reges Treiben herrschte. Ich sah mich erstmal um, bevor ich nun, eine kleine Bank ent -deckte, wo ich mich niederließ und aus meiner Tasche einen Apfel kramte. Der musste als Frühstück reichen.

Plötzlich hörte ich je, lautes Geschrei. Hastig drehte ich mich um, ein paar Jugendliche hatten einer Frau je Geld geklaut. Ich beobachtete sie genau. Ich dachte etwas darüber nach und drehte mich dann wieder rum. Irgendwann, wenn ich das Geld, was ich dabei hatte, augegeben hatte, würde ich sicherlich auch klauen müssen. Ich stand auf und nahm meine Tasche. Immer noch etwas müde schlenderte ich durch die Straßen, bis ich je, an einer verlassene Baustelle kam. Ich sah mich je genauer um. Es schien wirklich niemand da zu sein.

Ich packte die Gelegenheit und sah mich drinnen etwas um. Der Keller war perfekt, dort könnte ich bleiben. Voller Freude nistete ich mich dort ein, als ich von draußen Polizeisirenen hörte.

Ich sah durch ein kleines Loch und sah drei bis vier Polizisten, die einen Jungen nachliefen. Eigentlich fand ich ihn ganz Süß, also lief ich ich raus und lotste ihn zu mir. „Komm mit", flüsterte ich leise und ging vor. Mit einem stummen Nicken folgte er mir und wir liefen je zusammen durch den Bau. Fast oben angekommen, blieben wir stehen und sahen durch ein Loch, was wahrschein

-lich ein Fenster werden sollte, nach unten. Dort liefen die Polizisten immer noch und suchten den Jungen. Ich musste unbewusst Grinsen und sah den Jungen neben mir an.

Dieser grinste mich ebenfalls an, dann sah er wieder nach unten. Ich folgte je seinem Blick.

Die Polizei hatte es scheinbar aufge -geben, denn sie fuhren zurück. Der Junge drehte sich wieder zu mir und sah mir in die Augen. „Danke für deine Hilfe", meinte er lächelnd. „Kein Prob -lem", sagte ich je verlegen grinsend. „Aber was machst du hier?", fragte er mich und ich bemerkte, dass er mich genau musterte. „Ach ich hab mich hier einquartiert meinte ich und mein Blick wurde leicht traurig, aber auch voller Hass.

Er schien dies sofort bemerkt zu haben. „Probleme?", fragte er lieb. Ich nickte stumm. Sollte ich einen fremden Jungen meine Probleme erzählen?

Ich war unschlüssig. Er war der erste, der nett mit mir redete und mich nicht irgendwie, wie ein großes Stück Dreck, behandelte.

„Willst du darüber reden?"

Immer noch wusste ich nicht was ich tun sollte.

Doch dann überkam es mich je. Wir setzten uns hin und ich begann ihm alles zu erzählen. Zu meinem je Erstaunen schienen ihn meine Probleme zu interes -sieren und so erzählte ich ihm wirklich alles und warum ich auch jetzt hier bleiben wollte.

Nach dem Gespräch nahm er mich in den Arm, was ich irgendwie ungewöhn -lich fand. Unbewusst kuschelte ich mich an ihn, in mir machte sich ein wohliges Gefühl breit. Nachdem wir einige Minuten so still Arm in Arm saßen,sah er mich an und lächelte leicht.

„Willst du mitkommen?",fragte er leise.

Ich sah ihn je etwas entgeistert an und

und lächelte dann. „Gerne, aber nur wenn ich dir je nicht zur Last falle", meinte ich verlegen, weil es mir schon etwas peinlich war.

Er schüttelte den Kopf und stand auf, er nahm meine Hand und zog mich so mit nach oben. „Lass uns deine Sachen holen und dann gehen meinte er grin -send und lief mit mir nach unten.

Ich sah ihn immer noch verwundert an, ich meine warum war er so nett zu mir, obwohl wir uns je nicht kannten? Ich verstand es nicht, aber es war mir in dem Augenblick auch egal.

Ich packte meine Sachen zusammen und dann brachte er mich je zu einem verlassenen Haus.

Etwas unsicher stand ich davor und sah das alte Gemäuer an.

„Da drin wohnt ihr?", fragte ich etwas verwundert und schielte zu ihm rüber. Wir waren ja nicht allein, er wohnte in dem Haus mit ein paar Freunden, denen es je so ähnlich wie mir ging.

„Ja, das Haus ist super, hier vermutet uns keiner", meinte er leise lachend und ging mit mir rein.

Sofort kam je ein Mädchen, in meinem Alter auf uns zugelaufen und grinste uns an. Dahinter kamen noch ein paar Jungs, die langsam in unsere Richtung kamen.

Er begrüßte seine Freunde und stellte mich ihnen vor, die mich auch sogleich begeistert aufnahmen.

Dann stellte er sie mir vor, wie sie je hießen und warum sie auch hier waren.

Es war schon je etwas schockierend, warum wir alle hier zusammen kamen.

Aber ich verstand mich mit allen gut.

Zum ersten Mal in meinem Leben fühlte ich mich zu Hause.

Ich war bei Leuten denen es so ähnlich ging, die mich verstanden und mochten.

„Ich war glücklich. Das erste Mal in meinem bisherigen Leben!"

In meinem Leben wo der Hass war...

Abends machten wir ein kleines Lager -feuer, es war wunderschön. Wir aßen, wenn wir auch wenig hatten und lachten, machten Späße und freuten uns. Meine Eltern habe ich total vergessen und sie waren mir auch egal.

Sie erklärten mir auch, wie das hier jeden Tag ablaufen würde. Ich wurde in ihre Pläne mit aufgenommen. Uns war eins bewusst, wir mussten klauen um zu überleben. So schmiedeten wir zusam -men einen Plan wie wir morgen vor- gehen wollten. Nemo, einer der Jungs sah zu mir und meinte grinsend.

„Du brauchst eine Waffe, Messer?", halt alles was wir täglich brauchen, meinte er ruhig. Ich nickte, irgendwie hatte er schon recht.

Wir redeten noch viel, sie wollten wissen, was mein Grund war, das ich je abgehauen bin. Ich erzählte ihnen alles und erfuhr auch ihre Geschichten. Kurz bevor wir schlafen gingen, drehte sich Nemo je zu mir und sah mich lieb an.

„Du weist aber auch, das du die Waffe benutzen musst? Du wirst Menschen je umbringen, sei dir darüber bewusst", meinte er leise, dann drehte er sich wieder rum und schlief ein.

Sollte ich das wirklich tun? In diesem Augenblick wusste ich nicht, was mich noch alles erwarten würde, aber darüber wollte ich mir im Moment je keine Gedanken machen.

Ich sah noch kruz zu ihm, bevor ich mich auch hinlegte und einschlief.

Unruhig drehte ich mich um, was war das ür ein Lärm? Eigentlich wollte ich noch schlafen, doch das konnte ich bei diesem Lärm nicht und so öffnete ich müde meine Augen.

Nemo saß neben mir und lächelte mich an. „Na gut geschlafen?" „Ja danke", sagte ich und setzte mich auf. Ein leises Gähnen verlies meine Lippen. Ich hörte Gemurmel und drehte mich um, da sah ich die anderen, die auf uns je zukamen.

„Du bist ja endlich wach, dann können wir ja loslegen", meinte Piaz grinsend. Ich nickte und stand auf.

Mein Gesicht verzog sich je etwas, als mein Magen knurrte. Die anderen sahen mich an und dann brachen wir in schall -endes Gelächter aus.

Aber dann machten wir uns auf den Weg in die Stadt. Ich war aufgeregt, schließlich war ich bei so einer Aktion noch nie dabei. Unterwegs besprachen wir nochmal den Plan und als wir nach ein paar Minuten je im Stadtzentrum waren, ging jeder von uns, je in eine andere Richtung. Wir stellten uns in Position und dann gab Nemo je das Zeichen. Kai lief los und hielt eine kleine Tasche in der Hand. Piaz rannte ihm hinterher und rief laut: „Hilfe ein Dieb, helft mir!", schrie sie und ein Polizist schien sie gehört zu haben, denn er begann sofort Kai zu verfolgen, doch dieser war kurz darauf in einer Gasse verschwunden.

Ich grinste vor mich hin, ich fand es voll lustig mit den anderen sowas abzu -ziehen.

Ich bekam das Zeichen, es war soweit, ich stieg in den Plan mit ein. Ich kam aus der Gasse und schlenderte ganz ruhig durch die Menschenmassen. Als ich einen Kerl im Anzug sah, ging ich näher zu diesem und rempelte ihn aus „Versehen" an. Ich entschuldigte mich sofort bei ihm und ging dann weiter. Er hatte scheinbar nicht gemerkt, dass ich ihm seine Brieftasche geklaut hatte. Ich grinste vor mir her und zog das Selbe noch ein paar Mal ab.

Nach einer Stunde war unsere Tat je vollzogen, das allgemeine Ablenkungs -manöver hatte gut funktioniert und wir hatten auch viel Geld. Wir zählten alles zusammen. Insgesamt kamen wir auf 1500 Euro.

Damit kamen wir für heute locker über die Runden. „Und wie fandest du es? ", fragte mich Nemo grinsend. „Ich fand es geil" gestand ich lachend. Es war wirklich ein geiles Gefühl." „Ok, dann machen wir weiter und holen uns unser kostenloses Mittagessen."

Wir standen auf und gingen zu einen kleinen Cafe. Dort setzten wir uns draußen hin und bestellten soviel wir wollten. Der Ober sah uns fünf nur total komisch an und wir mussten uns ein Grinsen verkneifen.

Wir aßen und tranken viel und hatten Spaß dabei. Der Ober kam nach einer Weile wieder und hielt uns je die Rechnung vor. Wieder durfte ich das übernehmen, ich stand auf und ging zu dem Ober, an den ich mich sichtlich ranmachte. „Es tut mir Leid, aber ich hab kein Geld um zu bezahlen", hauchte ich ihm unschuldig ins Ohr. Ich merkte, dass es dem Ober unangenehm war und ich grinste innerlich und ging noch etwas weiter. Sanft strich ich ihm über den Oberkörper. Stotternd löste er sich von mir. „Ich werd mal sehen, ob du auch noch morgen bezahlen kannst!", sagte er und verschwand kurz nach drinnen. „Arschloch" lachte ich ihm hinter her und verschwand dann mit den anderen.

Der Ober fluchte natürlich, als wir nicht mehr da waren.

Lachend liefen wir zusammen durch die Straßen. Ich wusste nicht was es war, aber in mir machte sich ein unbeschreib -liches gutes Gefühl breit. Auf einem ruhigen Platz ließen wir uns nieder, machten Späße und faulenzten einfach nur so rum.

Abends stand noch eine große Aktion an, wir wollten in ein Kleidergeschäft je einbrechen, die anderen versicherten mir, dass das ganz schnell ginge.

So gegen Mitternacht standen wir dann vor dem Geschäft, nirgends hörte man etwas, außer aus ein paar Kneipen hörte man Musik und Gelächter.

Wir ließen uns davon nicht beunruhigen und zogen unsere Aktion sauber durch. Justi nahm ein Stück Draht aus seiner Hosentasche und knackte damit locker das Schloss. Wir gingen rein, Kai und Nemo kümmerten sich um den Alarm und Justi, Piaz und ich, wir streiften durch das Geschäft. Als erstes natürlich Richtung Kasse, die wir je, um ihr Vermögen erleichterten. Die Jungs kümmerten sich dann um die Waffen und das andere Zeug, während Piaz und ich nach Klamotten sahen.

Leider lief doch nicht alles glatt, wir hörten plötzlich eine Stimme. Ein Polizist hatte schwache Lichter gesehen von je unseren Taschenlampen. Wir mussten raus, aber leise und ohne, dass der Polizist etwas davon mitbekam. Wir trafen uns alle in der Sport – Motorab-teilung, wo einige Motorräder standen. Wir fingen alle an zu grinsen, dann schoben wir die Motorräder durch den Hinterausgang, den wir nach einigem

Suchen gefunden hatten, nach draußen.
Im Büro, hatten wir sogar die Schlüssel
gefunden, als wir noch die Videos ver
-nichtet hatten. Auf gings!"
Wir verschwanden in der Dunkelheit
der Nacht mit den Motorrädern.

Am nächsten Morgen waren wir alle
noch total müde, von der gestrigen
Aktion, dennoch konnten wir nicht faul
liegen bleiben. An jedem Tag mussten
wir kämpfen. Wir frühstückten je
genüsslich, denn von den gestrigen Ein
-nahmen und dem kleinen Einbruch
hatten wir auch etwas zu essen mit
-gehen lassen.
Während dem Frühstück unterhielten
wir uns über unsere heutigen Pläne.
Ich fand es einfach super bei ihnen zu
sein, ich war frei und ich war glücklich.
Wie ich dieses Gefühl liebte und ich
wollte es um nichts in der Welt, je
tauschen.
Die anderen standen auf, und wollten

alles vorbereiten gehen, Nemo und ich blieben noch sitzen.

Ich röchelte ihn lieb an, in mir machte sich bei ihm jedes Mal ein komisches Gefühl in meinem Bauch breit. Anfangs wusste ich nicht was es war, doch nun glaubte ich es zu wissen, ich hatte mich verliebt – ob er das Selbe fühlte?" Davor hatte ich große Angst, Angst ihn zu verlieren.

Er sah mich liebevoll an und kam mir etwas näher. Mein Herz schlug so schnell und ehe ich mich versah drückte er seine Lippen auf die meinigen. Anfangs war ich etwas erschrocken, doch dann schloss ich je glücklich die Augen.Liebte er mich auch? Das wäre zu schön um wahr zu sein.

Er löste den Kuss nach kurzer Zeit und sah mich an, sanft strich er mit seiner Hand über meine Wange, der ich mich leicht entgegen drückte. „Ich liebe dich", hauchte er mir leise ins Ohr und ich wurde etwas rot. „Ich dich auch" gestand ich ihm leise und wir küssten uns wieder. Ich vergaß in dem Moment alles um mich herum,ich genoss einfach nur den Kuss und seine je zärtlichen Berührungen.

„Na ihr zwei?" Erschrocken drehten wir uns um und sahen die anderen hinter uns stehen. Wir waren total verlegen.

„Braucht euch nicht peinlich zu sein, ihr seit ein süßes Pärchen!", meinte Piaz grinsend. „Aber kommt, wir haben alles vorbereitet", meinte sie und grinste zu den anderen. Wir nickten und standen auf, endlich würde die nächste große Aktion steigen. Ich freute mich riesig darauf.

Wir gingen zu Fuß in das Stadtzentrum, die geklauten Motorräder waren zu auffällig. Gemütlich schlenderten wir erstmal durch die Stadt und scheckten die Lage ab.

Plötzlich blieb ich je stehen und sah entgeistert in ein Schaufenster, wo ein

Fernseher stand. „Was ist?", fragten die anderen verwundert als sie je meinen Blick sahen. Ich zeigte nur auf den Fernseher, dort war ein Foto von mir.

Meine Eltern hatten bei der Polizei eine Vermisstenanzeige aufgegeben und die Fahndung nach mir lief schon seit zwei Tagen. Voller Angst klammerte ich mich an Nemo.

„Ich will nicht das sie mich finden", flüsterte ich leise. Nemo hielt mich fest im Arm und streichelte mir beruhigend über den Rücken.

„Das werden sie je nicht, wir werden dich beschützen", meinte er lieb und gab mir einen kleinen Kuss auf den Kopf.

„Genau, wir sind eine Familie", sagte Kai lächelnd und auch die anderen nickten bestätigend.

„Danke", murmelte ich leise und löste mich von Nemo. Sie hatten Recht sie würden bei mir sein, ich brauchte keine Angst zu haben.

„Dann laß uns mal anfangen", meinte Kai grinsend. „Ja los geht's !", sagte ich lachend und voller Tatendrang.

Wieder lief ich je, durch die vielen, Menschenmengen und sah mich nach reichen Männern um, die ich je aus -nehmen konnte. Plötzlich wurde ich gewaltsam am Arm gepackt, noch bevor ich was sagen konnte, wurde mir der Mund zugehalten und ich wurde in eine Seitengasse gezogen.

„Haben wir dich nun endlich wieder", meinte eine tiefe Männerstimme und ich wurde kreidebleich. Vor mir stand mein Vater, hinter ihm meine Mutter.

„Lasst mich los!", schrie ich verzweifelt und versuchte mich irgendwie befreien zu können.

„Das glaubst du doch selbst nicht", meinte er grinsend.

„Nemo!", ich schrie noch ein paar Mal seinen Namen,doch als mich mein Vater ins Auto schubste und die Tür schloss, war es zu spät. Tränen liefen über meine Wangen. Nein nicht schon wieder. Ich wollte nicht mehr …

Glücklicher Weise hörte Nemo meinen Schrei und rannte zu der Gasse. Er trommelte schnell je die anderen zusam -men. Schnell rannten sie zurück zu unserem Haus und stiegen auf die Motorräder.

„Los wir müssen sie retten!, meinte Nemo panisch, auch die anderen waren total in Panik, damit hatten sie je nicht gerechnet. Sie fuhren dem Auto meines Vaters nach, hielten aber etwas Abstand. Ich hatte mich total zusammengekauert und erschrak, als das Auto hielt, mein Vater die Tür öffnete, und mich gewaltsam aus dem Auto zog. Ich sah unser Haus und die Erinnerungen die ich verdrängt hatte, kamen wieder in mir hoch, der Hass, aber vor allem die Angst ergriff in diesem Augenblick Besitz von mir. Mein Vater schob mich ins Haus und ging mit mir und meiner

Mutter in die Küche, die meine Mutter absperrte.

„Dafür das du abgehauen bist, wirst du büßen, du Miststück sagte er ernst, dann griff er zum Telefon und rief jemandem an, was hatten sie vor? Was würde mit mir passieren? Ich wusste es nicht und ich wollte es auch gar nicht wissen, ich wollte nur weg von hier!

Ängstlich sah ich zuerst meine Mutter, dann meinen Vater an. Mit wem telefo -nierte er da? Es war auf jeden Fall ein Mann, das wusste ich schon, der Ausdruck in den Augen meines Vaters und vor allem sein perverses Grinsen machte mir Angst. Er nickte und das einzige was ich von dem Gespräch mit -hören konnte, waren Wortfetzen, die mich allerdings noch mehr schockten.

Er legte das Telfon weg und zog mich, nachdem meine Mutter die Tür wieder aufgesperrt hatte,hoch ins Gästezimmer. Dort schmiss er mich aufs Bett und grinste mich pervers an.

„Wenigstens bist du so noch zu etwas gut", meinte er hämisch lachend und verließ das Zimmer, welches er danach absperrte.

Ich lag auf dem Bett und kauerte mich zusammen. Was sollte das? Was war aus meinen Eltern je geworden? So viele Fragen schossen mir durch den Kopf, aber eins wusste ich, ich wollte zurück, zurück zu Nemo und den anderen. Ich hatte Angst große Angst, ich konnte nicht mehr.

Weinend legte ich mich je unter die Bettdecke. Doch meine Tränen versieg -ten, als nach einer knappen halben Stunde die Tür geöffnet wurde. Ich lugte unter der Bettdecke hervor, was würde passieren?

Mein Vater trat mit einem schmierigen und widerlichen Kerl ein. Er kam auf das Bett zu und zog mich hoch, genau vor die Füße dieses anderen Kerls.

„Viel Spaß", grinste mein Vater und verließ das Zimmer.

Ich war geschockt und sah den Kerl vor mir ängstlich an. „Nein, war das einzige was ich hervor brachte. Er zog mich hoch und drückte mich ins Bett. Er öffnete sich die Hose und zog sie sich aus, dann setzte er sich zwischen meine Beine, die er gewaltsam auseinander drückte. Ich zitterte vor lauter Angst. Nein, das konnte doch nicht wahr sein, das durfte nicht wahr sein.

Der schmierige Typ riss mir die Kleider auf und leckte sich begierig über die Lippen, bevor er sich zu mir beugte und über meine Brüste leckte.

Ich versuchte mich irgendwie loszu -machen, ihn wegzudrücken, doch er war zu stark und drückte mich fester ins Bett. Ich spürte je seine Erregung zwischen meinen Beinen, es war je so widerlich. Als er sein Glied in mich drückte, schrie ich vor Schmerzen auf. Ich spürte ihn in mir und als er sich bewegte kamen mir die Tränen in die Augen vor Schmerzen, ich schrie auf, wollte das nicht, doch es schien je noch mehr anzumachen.

Nemo und die anderen standen draußen und überlegten.
„Wir müssen da rein und sie holen", meinte er hecktisch.Die anderen nickten heftig.Sie gingen zum Haus und klingel -ten. Mein Vater machte die Tür auf und sah sie verachtend an. Nemo hielt keine langen Reden, sondern drückte sich an meinem Vater vorbei und sah sich um. Plötzlich sah er geschockt nach oben, als er meine Schreie hörte. Panisch und ängstlich stürmte er nach oben und riss die Tür auf. Er sah den Kerl auf mir und blickte in mein verweintes und vor Scmerzen verzerrtes Gesicht. Das Bett hatte sich durch die harten Stöße von dem Kerl schon rot gefärbt. Blut es war mein Blut."Nemo", brachte ich leise her -vor und sah ihn traurig lächelnd an, doch sein Blick machte mir Angst. Er war so voller Hass und Verachtung.

„Misterl", murmelte er und zog aus der Halterung von seinem bein seine Waffe. Ohne zu zögern schoss er den Kerl nieder, der sofort tot auf mir zusammen -sackte. Er kam zu mir gerannt und schmiss den Kerl von mir runter. Behut -sam nahm er mich in den Arm.

Ich krallte mich je an ihn und weinte einfach nur. Ich war so froh, dass er endlich da war.

Die anderen kamen gerade hoch und sahen, was passiert war. Besorgt kamen sie näher und Piaz reichte mir ihren Mantel, in den ich mich je, direkt einkuschelte.

Schon kamen meine Mutter und mein Vater nach oben gestürmt. „Was -, mein Vater stockte und sah den toten Kerl am Boden. „Na wartet ihr – , weiter kam er nicht, aus seinem Mund lief Blut und er sackte tot zusammen. Nemo und die anderen sahen mich geschockt an, ich hatte je meinen Vater erschossen. Ich blickte zu meiner Mutter, die je neben meinem Vater kniete. Einmal drückte ich noch ab, dann sackte auch sie tot zusammen und lag neben meinem Vater. „Lasst uns gehen", meinte ich ruhig und ließ die Waffe fallen.

Als wir draußen waren, atmete ich je einmal tief durch, der Schrecken hatte endlich ein Ende. Nun konnte mir niemand mehr vorschreiben, was ich tun oder je lassen sollte. Ich sah die anderen an und dann gingen wir zurück. Zurück nach Hause.

Die Anderen besprachen einen neuen Plan, doch ich war nicht dabei, ich saß draußen und musste erstmals das ver -dauen, was vor einigen Stunden passiert war. Nemo wollte bei mir bleiben, doch ich wollte allein sein. In meinen Gedanken spielten sich je die Szenarien immer und immer wieder ab. Ich konnte meine Gedanken nicht davon lösen. Mein Körper war wie gelähmt von den Gedanken. Ich schloss meine

Augen, spürte den sanften Wind und die Ruhe. Plötzlich flog ein kleines Plakat von einem Jahrmarkt, der in zwei Tagen im Stadtzentrum je sein würde. Ich betrachtete das Plakat eine Weile bevor ich es los ließ und es direkt vom Wind weiter getragen wurde. Müde ließ ich mich zurückfallen und schloss je die Augen. Diese Ruhe, es tat so gut.

„Hey wach auf", hörte ich Nemos Stimme und öffnete je verschlafen die Augen. „Was ist denn?, fragend sah ich ihn an und setzte mich auf. „Es ist ja schon dunkel", stellte ich leise fest und stand auf. „Klar, du hast ja auch den ganzen Tag gepennt", grinste Nemo mich an. „Es gibt Essen", sagte er ruhig. Und dann gingen wir zusammen ins Haus um zu essen. Die anderen erzählten mir von dem je erfolgreichen Beute-zug. Wir lachten und hatten an dem Abend noch viel Spaß. Müde ließ ich mich neben Nemo fallen und kuschelte mich an ihn, wo ich in seinen Armen direkt einschlief.

Die Sonne schien auf mein Gesicht und weckte mich sanft. Verschlafen setzte ich mich auf und rieb mir die Augen. Ich sah mich um. "Nemo?, wo war er bloß! Ich stand auf und suchte ihn, doch er war nicht da. Ich ging in die anderen Zimmer, niemand – niemand war da. In der Küche fand ich einen Zettel. Sie waren schon auf Beutezug. „Hm? Ich war etwas traurig, konnte sie aber auch verstehen, sie wollten mir noch etwas Ruhe gönnen. Gut, die ließ ich mir auch nicht nehmen.

Ich zog mich an und ging nach draußen. Ohne zu wissen wohin ich lief, einfach mal Richtung Wald.

Nach kurzer Zeit war ich mitten im Wald ich sah mich um, das schöne Grün der Blätter gefiel mir gut. Unbewusst lächelte ich.Während ich weiter durch den Wald streifte, vergaß ich was den

Tag zuvor passiert war. Ich fühlte mich so frei und lebendig in dem Wald und es sah alles so schön aus, wie die Sonne zwischen den Blättern hervor schien, das Moos an einigen Stellen, die kraft -vollen Baumstämme. Ich fand dies alles so wunderschön, da ich bis jetzt noch nie durch einen Wald gegangen war. Ich bin früher mit meinen Eltern daran vorbei gefahren, aber so gefiel es mir viel besser. Ich genoss die Ruhe, nur ab und zu hörte man ein paar Vögel zwitschern. Fröhlich lief ich je weiter, fröhlich und ohne Sorgen,das erste Mal. Nach Stunden machte ich dann doch mal eine Pause und ließ mich auf den Boden nieder, da ich merkte, wie mir die Beine weh taten. Ich lehnte mich gegen einen Baumstamm und schloss entspannt die Augen. So blieb ich einige Minuten sitzen, bis mir plötzlich eine Idee kam. Ich öffnete meine Augen und stand auf. Dann sah ich mir den Baum an, an dem ich je, bis gerade eben noch

gelehnt hatte und kletterte diesen je hin
-auf. Auf einen breiten stabilen Ast ließ
ich mich nieder und sah mich um. Es
war einfach wunderbar. Total happy
über diese Aussicht lehnte ich mich auf
dem Ast zurück und ohne es je zu
bemerken schlief ich friedlich ein.

Ich öffnete verschlafen meine Augen,
als ich bemerkte, dass je einige Regen
-tropfen auf mich nieder fielen. „Es
regnet!", stellte ich leise fest und sah in
den Himmel. Schnell kletterte ich von
dem Baum hinunter und machte mich
auf den Heimweg. Ich rannte schon fast,
da ich nicht nass werden wollte, obwohl
es schon leicht nieselte. Plötzlich
bemerkte ich, dass es schon dämmerte.
Nemo und die anderen machten sich
bestimmt schon Sorgen.
Ich hatte völlig die Zeit vergessen, als
ich hierher gegangen war. Ich rannte
schneller und wäre fast noch über einen
Stein gefallen. Mitlerweile regnet es in

Ströhmen und ich war patschnass. „Na toll murmelte ich vor mich hin und lief weiter. Kurz darauf kam ich aus dem Wald und sah in der Ferne schon unsere Wohnung. Nach weiteren 15Minuten im Regen, kam ich nun endlich an unserem Haus an und riss die Tür auf.

Nemo und die Anderen sahen geschockt zur Tür und warfen mir je komische Blicke zu.

„Wo warst du?", fragte Piaz. „Draußen gab ich zur Antwort und ging je in das Zimmer von Nemo und mir, wo ich mich abtrocknete und frische Klamotten anzog. Dann ging ich zurück zu den anderen und machte mir eine heiße Schokolade.

„Was hast du den ganzen Tag gemacht, fragte Justi neugierig.

„Oh nicht viel, ich war den ganzen Tag im Wald und habe gefaulenzt", gab ich grinsend zur Antwort.

„Wir haben unsere nächste Aktion je schon geplant", sagte Kai und sie erklär

-ten mir, was für morgen je anstand. Ich grinste, der Plan war einfach super und so einfach, der musste funktionieren.

Wir redeten noch viel und lachten auch, bevor wir dann ins Bett gingen um morgen fit zu sein.

„Hey aufwachen ihr Schlafmützen!" Müde öffnete ich meine Augen und sah Piaz grinsend vor mir stehen. „Was ist los?, fragte ich verschlafen und setzte mich auf.

„Ein neuer Tag, ein neuer Plan lachte Piaz. „Los macht euch fertig und dann kommt", sagte sie und verschwand aus unserem Zimmer. Ich sah neben mich und grinste. Nemo schien auch noch etwas verschlafen zu sein.

„He, Schatz aufwachen", sagte ich leise und küsste ihn.

Ich stand auf, ging ins Bad. Kurz darauf zog ich mich an und schlenderte zur Küche. Nemo kam ein paar Minuten später. Wir frühstückten zusammen und dann machten wir und auf den Weg ins Stadtzentrum.

Da morgen ein Jahrmarkt ist, können wir morgen keine Aktion durchziehen, also müssen wir heute genug absacken ok?" Ernst und fragend sah Justi in die Runde und wir, die anderen nickten nur. Wir kamen im Stadtzentrum an und sahen uns erstmal um und scheckten die Lage ab, heute durfte je nichts schief gehen. Ich sah mich um und entdeckte auf einer bank einen fetten Kerl mit Anzug, der aller wahrscheinlichkeit viel Geld bei sich hatte.

„Hey ich knöpf mir den Idioten da drüben mal vor", sagte ich grinsend und verschwand mit Piaz in eine Seiten -gasse. Wir zogen uns schnell um und hatten etwas freizügigere Klamotten an.
„Sexy" grinsten uns die Jungs an.
„Jaja" lachten wir und machten uns auf den Weg zu dem Kerl auf der Bank.

Ich grinste Piaz an und dann blieben wir

vor der Bank stehen. Piaz setzte sich neben den Kerl und ich beugte mich zu ihm.

„Hallo ihr Hübschen gab er mit einem schmierigen Grinsen je von sich. Wir ließen uns nun nichts anmerken und lächelten ihn verführerisch an. Ich galt als Ablenkung während Piaz das Geld das Geld holen sollte. Also ließ ich mich auf dem Schoß von dem Kerl nieder und spielte meine Rolle gut.

„Na habt ihr heute noch nichts vor?", fragte er und leckte sich nun die Lippen. Ich schüttelte nur den Kopf. „Nein, wir sind ganz allein und suchen je nette Gesellschaft", hauchte ich ihm ins Ohr und fuhr nun mit den Fingern, seiner Krawatte entlang.

Der Kerl grinste noch mehr und fasste mir an die Brust, was mich unbemerkt zusammen zucken ließ. Am liebsten hätte ich ihm eine reingehauen, aber es durfte nichts schiefgehen.

Während ich also den Kerl je ablenkte,

sammelte Piaz alles wertvolle und alles brauchbare und auch seine Brieftasche ein. Als sie alles in ihrer Tasche ver -schwinden ließ, nickte sie mir darauf bestätigend zu, gerade als der Kerl mir in den Ausschnitt fahren wollte, gab ich ihm eine Ohrfeige und boxte ihn in den Bauch.

„Hey was -" murmelte der Kerl,bevor er einsackte als er meine Faust spürte. Piaz und ich sprangen sofort auf und liefen davon.

In der Gasse warteten Nemo und die Anderen. „Hat es geklappt?", fragten sie grinsend und wir nickten nur je bestäti -gend. Wir gaben den Jungs die Wert- sachen und zogen uns erstmal wieder normal an.

Dann zählten wir zusammen das Geld, „5000" meinte Nemo und wir grinsten uns alle an.„Insgesamt sind es bestimmt fast 9000 meinte ich ruhig, da ich noch eine je Taschenuhr und eine Rolex und noch andere schöne Sachen hatte.

„Okay gehen wir das Zeug verkaufen", meinte Nemo ruhig.

Wir teilten uns je in Gruppen auf und bekamen, für die Wertsachen noch gut 3000 Euro dazu.

Wir trafen uns am großen Brunnen und entschlossen dann, je nach Hause zu gehen. Unterwegs sprachen wir noch über unseren erfolgreichen Beutezug.

Wir saßen noch lange zusammen, bis wir uns müde ins Bett fallen ließen und direkt einschliefen.

Am nächsten Morgen waren alle schon vor mich wach. Gegen Mittag wachte ich auf und sah mich verschlafen um. Ich stand auf und tapste in die Küche, wo die anderen am Tisch saßen.

„Morgen", murmelte ich verschlafen. „Warum hat mich je keiner geweckt?, murmelte ich.

„Weil du so süß bist, wenn du schläfst", sagte Nemo und küsste mich zärtlich.

Den Kuss erwiderte ich natürlich zu gern und schlang die Arme um seinen Nacken.

„Hey ihr zwei Turteltäubchen, Essen ist fertig", sagte Piaz grinsend und stellte das Essen auf den schon gedeckten Tisch.

Ich löste mich je von Nemo und lachte leise. Immer noch müde ließ ich mich auf einen Stuhl sinken.

Ich überlegte, ob ich auf den Jahrmarkt gehen sollte. Eigentlich wollte ich schon gern, aber ich wusste nicht so Recht ob ich auch gehen sollte.

Nachmittags lagen wir alle zusammen im Garten, nachdem wir abespült hatten und ich mich je umgezogen hatte.Ich röchelte leicht und genoss es, als ich mich aufsetzte und die anderen ansah. Langsam stand ich auf. „Ich geh etwas etwas spazierren", meinte ich ruhig und verschwand schnell ins Haus und vorn zur Hauptür raus. Langsam trottete ich zum Stadtzentrum. Mir war je bewusst, dass die anderen mich mit Sicherheit fragen würden, warum ich so plötzlich abgehauen war, – war mir bewusst, aber es war mir egal.

Mit einem Lächeln auf den Lippen lief ich die Straße entlang und kam nach ein paar Minuten in die Stadt in der schon reges Treiben herrschte. Überall liefen die Leute rum und amüsierten sich, scheinbar gut auf dem Jahrmarkt.

Ich sah mich um und mischte mich einfach unter die Leute. Natürlich fiel mir als allererstes der Stand mit der Zuckerwatte ins Auge. Ich stellte mich an und kaufte mir zufrieden eine Zucker -watte. Lächelnd ging ich dabei weiter über den Jahrmarkt. Ich sah mir alles genau an, denn es war das erste Mal das ich auf einem Jahrmarkt war. Ich spürte wie meine Gedanken in die Vergangen -heit abdrifteten, doch das wollte ich nicht. Heftig schüttelte ich je meinen Kopf, meine Vergangenheit war vergan

-gen und ich wollte nie wieder je daran denken müssen. Lächelnd ging ich weiter, bis ich vor einem Stand stehen blieb. Ich kaufte einige Lose und hatte sogar etwas gewonnen. Der Verkäufer gab mir einen sehr kleinen, kuschligen Panda. „Oh wie süß, sagte ich und er lächelte mich an.

Als ich eigentlich dann nach Hause gehen wollte,bemerkte ich ein Zelt, was mir vorher nicht aufgefallen war.

„Eine Wahrsagerin."

Neugierig blieb ich je vor dem Schild stehen und sah zu dem Zelt hinüber.

Unschlüssig ob ich je reingehen sollte oder nicht, blieb ich noch eine Weile vor dem Zelt stehen, bis ich mich dann doch entschloss, aus reine Neugierde reinzugehen. Unsicher ging ich rein. „Hallo, rief ich leise und ging weiter.

„Komm nur herein mein Kind", sagte eine etwas ältere Frau die mich freund -lich ansah. Ich nickte stumm und setzte mich auf ein kleines Kissen das gegen

-über von ihr lag. In der Mitte stand auf einem kleinen Tisch eine Kristallkugel.

„Was führt dich zu mir mein Kind, fragte die Frau je ruhig und lächelte immer noch.

„Na ja, ich möchte gerne etwas über meine Zukunft erfahren.

„Keine Angst, öffne dich der Kugel sagte sie dann leise und schließe deine Augen. Die Frau hielt die Hände über der Kugel...

„Du hast eine schwere Zeit hinter dir, du musstest viel durchmachen. Das was ich sehe ist nicht gerade positiv. Ein Schatten hat bisher je dein Leben begleitet, ein sehr dunkler Schatten" gab sie ruhig von sich.

Ich konzentrierte mich je weiter und nickte nur.

„Da löst sich der Schleier, neue Bekannt -schaften, ein neuer Abschnitt. Doch auch hier sehe ich das du nicht wirklich glücklich bist!, sagte sie mit fester Stimme und sah mich nun an.Folge mir, sagte sie leise und ging vor, zu einem kleinen Tisch, auf dem die Tarot Karten lagen. Sie begann die Karten zusammen -zufügen und zu mischen. Danach legte sie mit den Karten je ein Kreuz und blickte mich an. „Bist du bereit für das was dir die Karten sagen?

„Ja, ich bin bereit sagte ich leise und sah zu den Karten.

Sie deckte die karten der Reihe nach auf und sah mich an. „Wie auch die Kugel sagen mir die Karten, dass du eine schreckliche Vergangenheit hattest, vom Schmerz noch nicht erlöst. Du hast es verdrängt, der Schmerz sitzt tief in deiner Seele, du hast je Angst, vor der Dunkelheit und vor deinem Leben. Du wirst niemals frei sein, wenn du dich deiner Angst nicht stellst, deine Seele kann sich nicht davon befreien, wenn du nicht kämpfst. Im Augenblick selbst bist du auch nicht glücklich, du fühlst dich zwar besser aber das ist nur Schein. Du musst dich befreien und leben!

Dein Herz weint.

Ich blickte sie an und dann die Karten. „Wiem soll ich das machen?

Sie stand auf und sah mich an. „Ich gebe dir einen Rat, höre auf dein herz, dann findest du deinen Weg und dein Ziel sagte sie. Sie drehte sich um und ging je zu einem kleinen Schrank, und holte eine kleine Schachtel, die sie mir gab. Darin lagen Tarot Karten und eine kleine Kette.

„Wenn du einmal je nicht weiter weißt, lass dich leiten von den Karten und dem Geist deines Herzens", sagte sie.Dann drehte sie sich um und wollte gehen, doch bevor sie das Zelt verließ blieb sie noch einmal kurz stehen.

„Ich wünsche dir viel Glück", sagte sie und verschwand.

Ich blieb noch einige Zeit stehen und sah ihr nach, bevor ich dann auch ging. Ich ging ein Stück und ließ mich auf einer Bank nieder. Lange dachte ich darüber nach was sie gesagt hatte und

was ich tun sollte. Ich überlegte solange
bis ich schließlich einschlief.

Als die Sonne auf mein Gesicht schien,
öffnete ich meine Augen und sah mich
um. Schlagartig fiel mir wieder alles
ein. Kurz überlegte ich noch, ich hatte
einen Entschluss gefasst. Ich machte
mich auf den Weg zurück. Als ich am
Haus ankam standen Nemo und die
Anderen vor der Tür.
„Wo warst du, wir haben uns je Sorgen
gemacht", kam es gleich von Nemo der
mich vorwurfsvoll ansah.
Ich blieb Air ihnen stehen und sah sie
an. „Ich werde gehen", meinte ich nur
ruhig. Die anderen sahen mich jedoch
geschockt an.
„Was, aber warum denn?"
„Ich will mein eignes Leben leben",
sagte ich ruhig und drehte mich um,
dann ging ich einfach los.Kurz stoppte
ich noch und nahm die Kette aus der
Schachtel. Diese band ich mir lächelnd

um. Mit einem Lächeln auf den Lippen ging ich der Sonne entgegen.
Ich ging ihr nun entgegen, in ein neues Leben...

ENDE